세월을 탓하지 말자

기영석 제2시집

시인의 말

직진뿐인 세월은 여기까지 왔는데
어렴풋이 남은 지난 기억조차도 사라지고
훗날 어떻게 될지 몰라 물음표만 남깁니다

나이 듦에 무엇을 바라기보다
자신만의 인생길을 찾아 걸어가야 합니다

지나온 삶은 옛이야기가 되고
가슴속에 회한은 옹이가 되어 살아갈 뿐
진솔한 기억을 살려 자서전을 쓰듯이
한 줄 한 줄 여백을 채우려 합니다

가난과 건강으로 아픔이 있었다면
끙끙대며 사는 말 못 할 걱정이 있다면
모든 것은 다 지나간다고
세월이 그렇게 참으면 된다고 알려줍디다

첫 시집 "말하지 않아도 다 알아요" 출간 후
한국예술인 복지재단에서 지원금을 받아
2 시집 "세월을 탓하지 말자"를 출간합니다

부족함은 독자의 사랑으로 채워 주시고
한 줄의 글이라도 삶의 위로가 되기를
기대하면서 모두가 행복하시길 바랍니다.

시인 기영석

* 목차

세월을 탓하지 말자 8
여행은 쉼이다 9
만학도 10
어버이날 11
꿈같은 인생 12
봄 바다 13
아들아 14
새벽은 해를 기다린다 16
그리움은 별이 되어 17
인연의 끈 18
하선암에서 19
기대하는 가을 20
친구야 21
자연은 말이 없다 22
글 쓰는 남자 23
못다 한 말 24
당신의 뒷모습 25
달무리 26
무너진 삶 27
강아지풀 28
하얀 미소 29
산이 하는 말 30
삶과 시(詩) 31
회상(回想) 32
봄비 33
낮달 34
천둥소리 35
회룡포 연가 36
안개비 37
나의 화수분 38
찻잔 속에 숨은 인연 39
저 가람물에 슬픔이 40
소금산 출렁다리 42
11월 43
가을 바다 44
개떡 같은 놈 45
개미취꽃 46
계절은 또 가겠지 47
가을 태풍 48
고마움의 비 49
내원분교의 추억 50
산을 사랑한 남자 51
눈물비 52
독도를 다녀와서 53

* 목차

뛰어가는 세월 54
맘이 편한 곳 55
매달린 사랑 56
저 강에 슬픔을 띄우고 . 57
소망 58
밤비 59
비 오는 날 60
회룡포 뿅뿅다리 61
삶의 정답은 없다 62
삶의 터전 63
회화나무 64
산다는 건 65
가을비 66
갯바위에 새긴 정 67
소나무에 숨긴 사랑 68
벚꽃의 향연 69
오월 70
웃을 수 있는 친구 71
꽃놀이 72
잎새에 이는 설움 73
가을은 참 좋다 74
왕버들 75
지워진 기억 76
참깨 77
촌노의 설렘 78
개의 전성시대 79
탁란 80
핑크뮬리 81
협곡의 가을 82
황홀한 순간 83
갈맷빛 자화상 84
월류봉 85
가을이 부른다 86
계절의 장난 87
주왕산 88
장끼의 포효 89
이명 90
운동 갈래 91
개망초의 설움 92
배신 93
딸들아 94
물돌이 96
먼 옛날 97
들꽃 98
두릅 99
동행 100

* 목차

주어진 삶 101
달맞이꽃 102
소낙비 103
기다림 104
구절초 105
개미들의 대이동 106
감기 107
운(運) 108
너의 이름 109
해는 뜹니다 110
텔레비전 111
앵두 112
울릉도 단풍 113
문학이 맺어준 인연 114
내가 바보였는가 보다 . 115
숨어 우는 사내 116
꿈에 그랬지 118
그때 그 시절 119
개나리꽃 120
첫눈 내리면 121
한 잔의 여유 122
삶은 인생이다 123
봄의 그리움 124
사랑하는 딸, 이화야 ... 125
삶 126
유월 127
말티재를 넘을 때 128
인연 129
작약꽃 130
바닷가에서 131
고향 친구 132
마음의 여백 133
진달래꽃 134
까치밥 135
직박구리 136
한파 137
회룡대 138
커피 향 139
초록 비 140
바램 141
밤꽃 142
노을 143

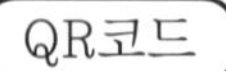

스마트폰으로 QR 코드를 스캔하면
시낭송을 감상할 수 있습니다

제목 : 세월을 탓하지 말자
시낭송 : 박영애

제목 : 여행은 쉼이다
시낭송 : 박영애

제목 : 만학도
시낭송 : 박영애

제목 : 어버이날
시낭송 : 박영애

제목 : 친구야
시낭송 : 박영애

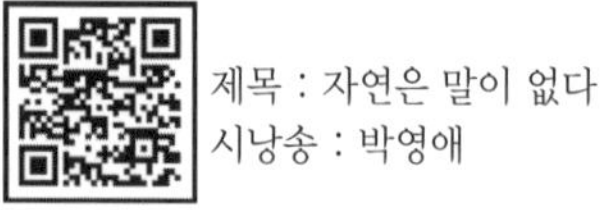
제목 : 자연은 말이 없다
시낭송 : 박영애

제목 : 글 쓰는 남자
시낭송 : 박영애

제목 : 당신의 뒷모습
시낭송 : 박영애

제목 : 봄비
시낭송 : 박영애

제목 : 저 가람물에 슬픔이
시낭송 : 박영애

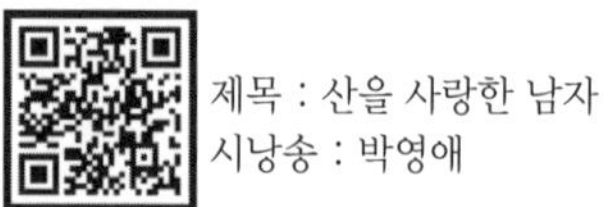
제목 : 산을 사랑한 남자
시낭송 : 박영애

제목 : 삶의 정답은 없다
시낭송 : 박남숙

제목 : 갯바위에 새긴 정
시낭송 : 박영애

제목 : 소나무에 숨긴 사랑
시낭송 : 박남숙

제목 : 갈맷빛 자화상
시낭송 : 최명자

제목 : 너의 이름
시낭송 : 박영애

제목 : 숨어 우는 사내
시낭송 : 박영애

제목 : 그때 그 시절
시낭송 : 최명자

제목 : 첫눈 내리면
시낭송 : 박영애

제목 : 삶은 인생이다
시낭송 : 최명자

제목 : 봄의 그리움
시낭송 : 박남숙

제목 : 말티재를 넘을 때
시낭송 : 박영애

본문 시낭송 모음 1

본문 시낭송 모음 2

영상은 YouTube 정책 또는 운영 관리에 따라 삭제될 수도 있습니다.

시인은 자연을 이야기하고 시낭송가는 자연을 품었다
글자는 날개를 달아 언어로 날고 소리는 자연에 눕는다

세월을 탓하지 말자

세월은 언제 갔는지 모른다
가만히 뒤돌아보니
인연이 되어 살아온 시간이 훌쩍 가 버렸다

마음 한 귀퉁이에는
쓸쓸함이 쪼그리고 앉아있고
젊음은 기억 속으로 사라지고 말았다

느려지는 현실이 변해가는 일상을
원망할 수는 없듯이 하루를 살아간다

살 만큼 살았기에 어른이 되었고
나이 든 노인으로 살아야 한다는 게
왜 이리 서글프고 서러운지 모르겠다

찾아주는 친구가 있고
부를 때 달려 나갈 수 있는 용기
걸을 수 있고 먹을 수 있으니
이 좋은 세상은 맘껏 누려야 될 것이다.

제목 : 세월을 탓하지 말자
시낭송 : 박영애
스마트폰으로 QR 코드를 스캔하면
시낭송을 감상할 수 있습니다

여행은 쉼이다

새로운 곳을 본다는 것은
희망이고 추억을 먹는 것이다

세월에 지친 계절이 바뀌고
어떤 변화가 있어도
옆도 돌아볼 수 없는
인생의 삶

잘 살기를 바라지만
어떻게 살아가는 게
잘 사는 것인지

정답은 그 어디에도 없더라
채워진 삶도
여느 날 빈 깡통처럼
쭈그러진 인생이 되었지

늙어지면 그만인 것을
후회 없는 삶은 여행뿐이다.

제목 : 여행은 쉼이다
시낭송 : 박영애
스마트폰으로 QR 코드를 스캔하면
시낭송을 감상할 수 있습니다

만학도

가난한 삶의 서러움을
가슴속에 묻어둔 채
배움을 찾아 책을 펼쳐봅니다

책상 앞에 쪼그리고 앉아
지난 서러움을 잊으려는지
깔깔대며 배꼽 잡고 웃던 날
배움에는 하나였습니다

청운의 꿈을 이루려던
열정적인 정 많은 인연으로
서로를 보듬어 주었던
그 추억은 남아 있습니다

지금은 삶의 현장에서
아직도 끝모르는 배움으로
당당하게 살아가고 있을
나의 학우여!

왜 이리 보고 싶어지는 것은
때늦은 서로의 깊은
배움의 정 때문일 것입니다.

제목 : 만학도
시낭송 : 박영애
스마트폰으로 QR 코드를 스캔하면
시낭송을 감상할 수 있습니다

어버이날

마음이 왜 자꾸 약해지는 거지
평소에는 그리움으로 다가오시더니
오늘은 너무 보고 싶어진다

아버지와 딸이란 노래에
가슴을 후벼 파듯
눈물은 유리창에 서린 김처럼 흐른다

어머니 먼저 떠나보내시고 외롭다며
아버지의 가슴에 숨긴 얘기를
자식이라고 털어놓을 때
가슴이 찢어지듯이 아팠던 기억들

참고만 사는 게 여자의 숙명인 양
삶을 살아오신 어머니
술잔에 긴 한숨 가득 담아
하소연하시던 생각에 눈을 적신다

아버지 어머니
. ……
자꾸만 보고 싶고 너무 그립습니다.

제목 : 어버이날
시낭송 : 박영애
스마트폰으로 QR 코드를 스캔하면
시낭송을 감상할 수 있습니다

꿈같은 인생

젊어서 잘 살겠다고
밤낮도 모르고
일만 하면 잘 사는 줄만 알았는데

그런데 그게 아니란 걸
여태껏 살아오면서
하나하나 몸속으로 스며들었지

수월한 삶은 없다고
채운 것도 잃은 것도 많았지만
그 누구도 말해주지 않더라

훌쩍 지나간 세월
뼈마디가 아파질 때
빈 지게뿐이란 걸 쉬이 알았다.

봄 바다

흐릿한 우중충한 날씨가
마음을 서글프게 하는 날이다

산수유 개나리가 샛노랗게 물들고
벚꽃 터지는 소리가 봄바람에
여기저기서 울려 퍼지는데

아름다운 꽃을 시샘하는
봄 날씨가 햇빛을 가리고
밀려오는 파도는 슬프게 울어댄다

아마도 계절의 몸부림을
바람은 아는지 모르는지 그냥
길도 없는 곳으로 사라지고 말았다

모래 위에 지나온 흔적을 지우며.

아들아

사는 게 참 힘이 많이 들지
그래
남편으로 가장으로 산다는 게
내 살아보니 그렇더라

그런데 말이야
나만 이렇게 살아간다고 생각했다

그래서 삶의 주변을 살펴보니까
모두가 다 한두 가지 걱정은 있더라
말을 안 하고 가슴속에 묻어두고
끙끙대며 살아갈 뿐이지

여유가 있든 없든 사는 거는 다 그래
자식 잘되기를 바라는 부모의 마음은
누구나 똑같은 거 같더라

앞만 보고 살면 다 될 줄만 알았는데
호락호락한 세상은 아니잖아
험난한 삶을 헤쳐나가려면
옆도 보고 뒤도 돌아보면서 말이다

힘들어도 주어진 숙명으로 알고
커가는 손주들이 있고
그리고 사랑하는 며느리가 있잖아
나는 너무 보고 싶고 함께 살고 싶더라

돈이 많으면 좋겠지만
때로는 독이 될 수도 있더라
돈의 노예가 되고
자식의 노예로 사는 게 현실이잖아

한 가닥 기대라면 힘든 날보다
좋은 날이 더 많다는 거란다
내 주변엔 사랑하는 아내가 지켜주고
자식들이 지켜준다는 믿음이
오늘을 살아가게 하는 것이란다

아들아!
없는 것을 찾아서 더 잘해주고 싶어도
다가오지 않는 운(運)을 원망도 해봤다
부모의 마음은 다 그런 거라고.

새벽은 해를 기다린다

눈은 떴지만, 세상은 깜깜하고
밤을 꼬박 새운 시계의 빨간 숫자는
눈 뜬 나를 빤히 째려봅니다

말없이 원망이라도 하는 듯
깜빡깜빡 졸면서
잠들지 못하게 훼방을 놓는데

게슴츠레한 눈을 반쯤 뜨고
발그스름한 불빛을 따라
눈을 떴다 감기를 따라 합니다

어느샌가
창문으로 스며드는 여명이
더 누워 있기를 바라지만
여지없이 나의 게으름을 깨웁니다.

그리움은 별이 되어

유난히도 붉은 노을이
떠나간 빈자리에
어둑한 밤이 자리를 차지하고

어디선가 밀려오는
작은 그리움 하나
노을 따라 사라진 연인처럼

멍하니 쳐다본 까만 하늘
수많은 애절한 사연은
반짝이는 별에 맡겨 놓고

그래도
떠나지 않은 그리움 하나
별이 되어 이 밤을 홀로 보낸다.

인연의 끈

어쩌다 피어난 들꽃처럼
그 향기 가득 담아
파란 하늘에 흩뿌리고

곱게 물드는
이파리는 단풍을 꿈꾸는데
걸어오는 찬바람
여인의 젖가슴을 만지네

들꽃과 마주 앉아
시어 한 구절 구걸하여
노을 따라 추억을 먹는다.

하선암에서

널따란 계곡 너럭바위
낙엽 한 잎 홀린 듯 물 위에 누웠고
어린 물고기
한곳에 모여 가을을 먹는다

물속 누운 산
거울처럼 또렷하게 펼쳐지고
파란 하늘 구름 한 점
이리저리 떠돌며 유영하네

묵직한 바위에 부딪힌 가을
여울물에 몸 담그고
건너편 구절초는 하얗게 웃는다.

기대하는 가을

무덥던 날도 긴 장마에도
푸르던 초목들은
한때를 잘 살았다고 합니다

찬 바람에 짙어 가는 가을
풍요의 들판에는
기쁨보다 슬픔이 서려 있고

지겹고 두려운 코로나는
떠날 줄 모르고 버티지만
쫓겨 가는 여름 따라
흔적 없이 사라지기를 바랍니다.

친구야

여기 오니 맘이 편하지
자네와 내가 만난다는 게
나는 너무 좋아

살기에 바쁜 지난 얘기
천천히 얘기하면서
여기에 앉으니, 맘이 편해

비록 비싼 것도 아니고
정성으로 만들어 준
비빔밥 한 그릇 앞에 두니
배고픈 줄도 모르잖아

얼마나 행복해
건강하고 맘 편히 살자
먼 길 떠난 친구도 있잖아
자네와 내가 아프면 그만일세

있으면 있는 그대로
없으면 없는 그대로
생을 다 하는 그날까지
그냥저냥 시름 잊고 살아가세.

제목 : 친구야
시낭송 : 박영애
스마트폰으로 QR 코드를 스캔하면
시낭송을 감상할 수 있습니다

자연은 말이 없다

장맛비 그친 하늘
모처럼 구름 사이 파란 햇살은
따갑게 얼굴을 만집니다

무참히 짓밟고 지나간 자리
순간 현장은 너무 참혹했습니다

삶의 터전은 엉망진창이 되었고
정성 들여 가꾼 곡식은 물론
여태껏 모은 재산과 목숨까지
송두리째 뺏어 갔습니다

자연을 거스른 마구잡이의 변화
드디어 화를 내고 있습니다

지겹게 폭탄처럼 쏟아붓더니
모든 것을 휩쓸고 지나간
비를 원망하지 말라며
먼 산 위 뭉게구름 울고 있습니다.

제목 : 자연은 말이 없다
시낭송 : 박영애
스마트폰으로 QR 코드를 스캔하면
시낭송을 감상할 수 있습니다

글 쓰는 남자

그래
무엇이든 자꾸 써야 한다

병들고 힘이 없어
아무것도 못 하는 것을
주변에 많이 보았지

농사도 그렇고
글을 쓰는 것도
시작(詩作)이 우선이다

게으름을 멀리하고
뼈마디가 으스러져도
피로감이 들 때도
손을 움직여야 한다

조용히 잠든 시간에
핸드폰을 만지작거리며
하얀 여백을
까맣게 채우는 손이 운다.

제목 : 글 쓰는 남자
시낭송 : 박영애
스마트폰으로 QR 코드를 스캔하면
시낭송을 감상할 수 있습니다

못다 한 말

너와 나 만남은
숙명인지 인연인지
나도 모르고 너도 몰라

그래서 우리라며
설레는 가슴속으로
나는 말하고 싶어

잠시도 떠나지 않는
나의 잘못은
머릿속을 맴돌고 있지

좋아한다는 그 말뿐
고왔던 너를 보며
말하지 못한 그 말은.

당신의 뒷모습

검은 머리는 서리가 듬뿍 내렸고
고왔던 얼굴에는 잔주름이 애처롭습니다

무릎이 아프다며 약봉지를 어루만지는
거친 손이 예전처럼 보드랍지 않습니다

힘없이 걸어가는 당신의 발걸음이
가슴이 저리도록 무거워 보입니다

자꾸만 나약해지는 마음 달래보려고
억지로 웃어 보이려는 내가 미워집니다

세월 앞에 흐려져 가는 처절한 몸부림
버팀목이 되어주지 못한 내가 부끄럽습니다

삶의 무게에 짓눌렀던 긴 시간은
훌쩍 지나가고 서러움에 마음만 아파합니다

삶의 현장으로 내몰리는 것이 나는 싫어
당신의 뒷모습 보며 회한의 한숨을 쉽니다.

제목 : 당신의 뒷모습
시낭송 : 박영애
스마트폰으로 QR 코드를 스캔하면
시낭송을 감상할 수 있습니다

달무리

동쪽 하늘 위로 어렴풋이
뽀얀 얼굴을 배시시 내밀어 웃는다

피곤함에 지쳐버린
노을 속의 해님과 달님은
서로를 빛으로 보듬어 주고 있다

일 년 중 가장 크다는
정월 대보름 달
질투한 옅은 구름은 그물망을 친다

어느새 어둠이 깔리고
머리 위에 떠서 어둠을 밝히는데
둥근 달무리가 펼쳐진다

목을 젖히고 바라보니
문득 유년 시절의
그리워했던 옛 기억들이 떠오른다.

무너진 삶

겨우내 곱게 다듬고 길렀더니
하얀 웃음꽃 피웠는데
봄바람에 쫓겨난 추위가
번개처럼 뛰어와 얼려 버렸다

축 늘어진 모습에 깜짝 놀라
싸늘한 죽음을 느낄 즈음
멍하니 바보처럼 만져 본다

봄날 온종일 벌과 연애하여
임신까지 되어 있어 좋아했는데
남몰래 다가와 어린 목숨까지
빼앗아 까맣게 태워버렸다

자식 잃은 그 마음 누가 알며
억장이 무너지는 아픔도
내년을 꿈꾸며 슬픔을 꾹 참는다.

강아지풀

계절 따라 피어난 들풀
한적한 외 길가
여린 새싹이 어느새 자라
까슬까슬한 꽁지를 달았구나

낯선 사람을 보면 조용하고
바람이 부는 날엔
꼬부라진 몸을 치켜들고
주인 반기듯 요리조리 흔든다

꼬물꼬물 무리 지어
주어진 소임을 다 했는지
씨알은 여물고 털까지 빠진다

눈길 한번 주지 않아도
반가움에 꼬리를 흔들 때
툭 꺾어 반으로 쪼개서
코밑에 수염을 붙이고 웃었다.

하얀 미소

첫눈 내리는 날
그때의 하얀 모습 찾으려
시린 마음은 여기에 서 있지

그날의 진솔한 사랑도
가슴속 스며드는 그리움마저
나이 듦에 그리 반갑지 않구나

그날의 기억들이 생생하게
영화의 한 장면으로
파노라마처럼 내 눈을 파고들어

순백의 눈밭에서 깔깔대며
고삐 풀린 송아지처럼
이리저리 겁 없이 뛰어놀았지

그토록 애타게 좋아했던 그 시절
어느 날 잊었던 그리움이
첫눈 내리는 날이면
드리워진 마음은 눈 위를 구른다.

산이 하는 말

내 여태껏 산을 보며 살아왔네
그래도 산이 말하는 건 못 봤고
움직이는 것도 못 봤습니다

비가 오면 비를 맞으며
눈이 내리고 바람이 불어와도
움직이지 않고 한자리를 지키며
계절만큼은 어김없이 찾아옵니다

자연을 잔뜩 짊어진 산은
싫어하는 것도 좋아하는 것도
누구든 다 받아주는 넉넉한 가슴
힘들면 쉬는 자리까지 내어주는 산

산은 살며시 귀엣말하네
산이 좋으면 언제든지 찾으라고
꽃이 필 때 꼭 오라며 일러 줍니다.

삶과 시(詩)

어떻게 사는 게 잘 사는 걸까
시(詩)는 어떻게 써야 잘 쓰는 걸까
아무리 찾아봐도 정답은 없습니다

잘 살고 싶은 마음은 끝이 없듯이
돈은 더 가지고 싶은 욕심 때문에
눈에 더러운 콩깍지를 씌울 것입니다

시(詩)를 잘 쓴다는 건 참 어려운 것
수학의 공식처럼 법칙이 있다면
시를 쓰는 것이 어찌 힘이 들겠습니까

그때의 삶은 회한(悔恨)으로 남을 뿐
낙동강에 미련 없이 확 던지고
인연 때문에 더는 망가지고 싶지 않습니다

욕심 없이 나의 글로 여백을 채우고
남들이 뺏어 갈 수 없는 나만의 글로
나만의 시(詩)를 쓰고 싶습니다.

회상(回想)

익어가는 가을 길 따라
아직은 물들어지는 산과 들
산꼭대기 서성이는
갈바람 따라 내려오는 단풍

들판의 샛노란 벼들도
강기슭의 휘청이는 억새
흘러가는 물소리에
계절은 그렇게 익어 가는데

차창으로 스며드는 생각
단풍 한 잎 뚝 따서
그때가 참 좋았다고 글을 적어
저 강물에 띄우고 싶다.

봄비

밤새 소리 없이 내린 비는
땅속으로 스며들어
잠자는 겨울을 서서히 깨운다

따스한 계절을 아는지
간간이 새싹이 수줍은 듯이
갓난아이의 손가락처럼
꼼지락꼼지락 움직이고 있다

처녀의 립스틱 바른 입술
매화의 꽃망울이 부풀어 올라
터질 듯 질투하듯 방긋이 웃는다

모질게도 시샘하는 찬 바람이
여린 꽃잎을 떨구고
하나의 열매로 탈바꿈하겠지

겨울은 머무르지 못하고
봄에 자리를 순순히 내어주고
하나둘 옷고름을 풀어 꽃을 피운다.

제목 : 봄비
시낭송 : 박영애
스마트폰으로 QR 코드를 스캔하면
시낭송을 감상할 수 있습니다

낮달

동쪽 어둑한 먼 산 위
하루를 시작하는 햇살이
불그스레 피워 오르고

길옆에 찬 서리
차가운 밤을 새우는데
서쪽 하늘에 점하나 떠 있네

핏기 없는 하얀 모습
수줍은 듯 긴 밤을 새운
가녀린 여인의 자태가 가엾다.

말없이 서서히 지고 마는
저 낮달도 수많은 사연 안고
다시 아름다운 달빛으로
떠오르고 계절을 바꾸겠지.

천둥소리

장마철도 아닌데 비가 쏟아진다

밤은 깊어가고
우두둑우두둑 거칠어지는
빗소리에 잠을 이루지 못한다

갑자기 우르르 쾅쾅 천둥소리는
까만 밤의 고요를 깨우고

땅을 내리치는 빗소리는
그칠 줄 모르고 이어지는데
으스스한 공포가 창문을 흔든다

눈을 감고 옆으로 쪼그린 채
잠 못 드는 봄의 긴 밤을
천둥소리에 뜬눈으로 밤을 새운다.

회룡포 연가

어서 오라고
함께 오라고
눈짓과 손짓 다 하는데
코로나가 무서워서 못 오는가

온통 영산홍이
여기저기 곱게 단장하고
임 오시길 기다리는데

온통 유채꽃이
마을 전체를 물들이고
바람이 여린 몸을 꼬드기는데

떠난 임은 왜 아니 오고
구슬픈 울림의 노래가
한 사내의 마음을 울리려 하네.

안개비

비가 장마철도 아닌데
엄청 많이
이틀째 오고 있습니다

희뿌연 비를 담은
먹구름이 먼 산과 하늘을
서서히 집어삼키며
가까이 다가옵니다

오다가 그치기를
반복하며 이어지는 비는
잠시 후
안개비로 내립니다

비는 언제쯤 그칠까
또 코로나는 얼마를 더
우리를 괴롭혀야 떠날까
이 생각 저 생각이 밀려옵니다

정수리를 차게 하고
서글픈 마음 추스르며
쉬고 싶은 하루가 또 갑니다.

나의 화수분

너 없는 세상이면
고장 난 벽시계처럼
내 모든 것은 멈추겠지

모르는 길을 찾으며
가족과 친구의 소식까지
여행길도 안내해 주는
꼭 필요한 나의 보물

소중한 사람과의 인연
사진과 영상도 저장해 주고
다양한 기능까지
너 없이는 안될 것이다

껌딱지처럼 곁에서
함께 살아가는 너는
나를 지켜주는 파수꾼이다.

찻잔 속에 숨은 인연

여린 향의 뽀얀 살을 숨기고
깔깔대며 음침한 곳으로
몸을 섞은 가녀린 여인이여

뱅글뱅글 손을 꼭 잡고
너와 나 한 몸 되어
뜨거운 무대에서 춤을 추었지!

찰나의 따스했던 입맞춤은
인연의 미련만 남겨 놓고
선녀처럼 하늘로 사라져갔다.

아, 아까 본 그 여인
애틋한 그리움은 사랑이었다.

저 가람물에 슬픔이

바라보는 슬픈 마음은
가슴을 미어지게 하고
말간 하늘에 열구름
안타까워 눈물을 흘립니다

하늘도 땅도 목 놓아 울고
지켜보는 참새도 포롱거리며
서러움에 저렇게 짹짹거립니다

새끼를 낳아 다솜으로 키울 때
아비와 어미를 생각하면
가슴은 찢어지는 듯 아파집니다

살아 돌아온다는 그 말
물마에 꿈은 사라지고 말았습니다

가분재기 잃은 넋은
가람에 붉덩물 되어 흐르고
온누리에 슬픔은 가이없습니다.

* 가람물 : 강물
* 미어지다 : 찢어질 듯한 아픔이나 슬픔을 느끼다
* 열구름 : 떠가는 구름, 지나가는 구름
* 포롱거리다 : 작은 새가 가볍게 날아오르는 소리가 자꾸 나다.
* 다솜 : 애틋한 사랑
* 물마 : 비가 많이 와서 땅 위에 넘치는 물.
* 가분재기 : 뜻하지 아니하게 갑자기, 별안간
* 넋 : 영혼 가운데 "혼"을 지칭하는 말. 혼령, 정신
* 붉덩물 : 붉은 황토가 섞여 탁하게 흐르는 큰 물
* 온누리 : 사람들이 생활하고 있는 모든 세상
* 가이없다 : 끝이 없다, 한이 없다.

※ 2023년 순우리말 글짓기 동상

제목 : 저 가람물에 슬픔이
시낭송 : 박영애
스마트폰으로 QR 코드를 스캔하면
시낭송을 감상할 수 있습니다

소금산 출렁다리

머 언 길 소문 듣고 찾아온 이곳
여기가 소금산 출렁다리

줄 이은 등산객은 숨소리 거칠고
의자에는 빈자리 하나 없다

추억 한 장 남기려는 사람은
온갖 풍상 다 보여주는데

가슴에 묻어둔 수많은 응어리
잠시 잊으려 하겠지!

빨랫줄에 매달린 겁 많은 여인은
아찔함을 참고 너스레가 펼쳐진다.

11월

가을은 보내고 싶지 않습니다

온 힘을 다해서 꼭 붙잡고
피멍이 들 때까지 놓지 않으렵니다

가을을 두 손으로 쥐어 잡은 손이
찬 서리에 자꾸 시려 옵니다

힘에 겨워 더는 붙잡을 힘이 없어
손가락이 서서히 풀어집니다

아무것도 남지 않은 한 줌의 가을을
주머니 속으로 집어넣습니다.

가을 바다

햇볕이 따갑게 내리쬐는
바닷가 모래 위에
넋을 잃은 바보처럼
멍하니 수평선을 바라볼 때

저 멀리 주름지며
밀려왔다 밀려가는 물결

하얀 이빨을 앙다물고
모래턱에 시간을 씻는데

갯바위에 한가로이
노니는 갈매기
빨간 가을을 물어 나르고

파도는 쉴 새 없이 울고 있다.

개떡 같은 놈

삶을 살아간다는 게
정말 힘이 드네
때론 우울한 날도 있지만
웃는 날이 더 많더라

감정의 동물이란 말이
이럴 때 생각이 나네

별거 아니란 걸 알면서도
순간의 욱하는
성격 탓인지도 모른다

그래서
그냥 어디론가
훌쩍 떠나보려고
목적지 없이 길을 나섰다

발길 닿는 대로 가보자
그리고 다시
돌아오는 내가 미워지겠지
참 개떡 같은 놈.

개미취꽃

천국에 온 듯한
고즈넉한 산사에
보라색 가을을 뿌려놓은 것은
계절의 질투일 거야

키가 큰 여인의
치맛자락을 헤집고
보드라운 속 살결을 만지며

터질 듯이 부풀어 오르는
목화의 솜처럼
하늘은 구름을 피웠고

앞마당 너럭바위에
우뚝 선 소나무 두 그루
저 멀리 자연을 향해
목탁 치며 염불을 하고 있다.

계절은 또 가겠지

초여름 같은 봄 날씨
수평선 저 멀리 파도가 바람을 타고
무섭게 밀려드는 바닷가
해송 나무 그늘에 주저앉는다

까슬한 이파리에 부대낀 바람 소리
갈매기 떼 불러 모아
일렁이며 달려온 파도를 타고
끼룩끼룩 노래할 때

궁금한 마음이 요동치며
끝없이 펼쳐진 수평선 저 너머
집채만 한 고래 등을 타고
파도를 벗 삼아 여름이 달려온다.

가을 태풍

느닷없이 찾아온 힌남노
영글어 가는 곡식들을
시샘하듯이 짓밟아 버렸다

그렇게 무덥던 여름도
가벼이 잊은 채
저 멀리서 가을이 걸어오는데

거센 비바람을 등에 업고
쏜 화살처럼 달려들어
천재지변으로 모두를 울린다

평생 살아온 곳을 뭉개 버리고
엄청난 재산을 잃어버린
이재민의 가을은 너무 서럽다.

* 힌남노 : 2022년 9월 6일 한반도에 상륙한 태풍

고마움의 비

낙수 지는 소리가 정겨울 때
비에 젖어 목욕한 초목
선명한 자태는 맑은 표정이다

그리움이 쌓여야 반갑듯이
살아가는 데는 추적거리기보다
배려와 자신을 낮추고
먼저 챙겨주는 삶을 비는 알리라

가뭄으로 타들어 가는 마음
아파하며 한숨으로 채워지는데
도움의 손을 꼭 잡아주듯이
복잡한 혼돈의 시간은 흘러간다

자꾸만 흔들리는 마음에
고의 간직한 저마다의 현실도
설렘의 하루는 더디게 지나간다.

내원분교의 추억

따스한 날 떨어진 낙엽을 밟으며 에움길 따라
폭포수 소리를 들으며 무작정 찾아간 곳

하늘 아래 첫 동네 내원 마을이 있고
배움의 요람 조그마한 내원분교가 폐교된 채
등산객들이 잠시 쉬어갈 쉼터가 남아 있다

전기 없이 호롱불을 켜고 라디오도 없었다
하늘만 빼꼼히 보이고 산이 있어 산새 소리에
들풀만 자연을 품고 자리를 지키고 있을 뿐이다

한 키가 넘는 갈대숲이 인상적이며
산골의 마을은 으쓱할 정도로 정적이 감돌고
폐교된 내원분교는 가게가 있어 온기가 남아 있다

라면과 커피 한 잔을 사서 먹으며
진열된 옛날 학교의 소품들이 여기저기 모였고
내가 기타를 치며 찍어 둔 사진 한 장에 또렷이 남은
그날의 기억들이 오롯이 옛 추억으로 남아 있다

얼마 전 마을과 내원분교가 사라지고 없다는 소식
국립공원이 되면서 철거했다기에 속이 상했지
삶의 터전을 빼앗고 없애 버렸다는 건 슬픈 일이다.

산을 사랑한 남자

우연한 만남은 인연이 되어
나는 너를 너무 좋아했고
수많은 사연 가슴에 묻었지

진정한 사랑이란 이런 건지
못 견딜 정도로 보고파서
가슴이 찢어지는 듯이 아려오고
너와 내가 사랑에 미쳐버렸지

만나면 헤어지고 헤어지면
그리움만 가슴에 숨겨둔 채
어느덧 세월은 흘러가고
네가 너무 그립고 보고 싶었다

겁 없이 오르던 몸을 탓하고
후회한들 아무런 소용이 없잖아
밀려오는 마음은 그리움이다.

제목 : 산을 사랑한 남자
시낭송 : 박영애
스마트폰으로 QR 코드를 스캔하면
시낭송을 감상할 수 있습니다

눈물비

흐릿한 하늘에서 진눈깨비가 소리 없이 종일 내립니다
겨울인데도 얼지 않고 부슬부슬 땅을 적십니다

참 슬프게도 소리 없이 내립니다
여태껏 이렇게 내리는 비가 왠지 자꾸만 원망스럽습니다

갑자기 건강했던 친구가 돌아올 수 없는 먼 길을 떠났습니다
소식을 듣고 가슴이 메듯이 멍해집니다

친구와 소식을 전하며 흐느끼며 슬프게 울었습니다
억장이 무너지고 세상이 내려앉으려 합니다

함께 했던 수많은 기억이 머릿속을 헤집고 괴롭힙니다
참 인생이란 예측할 수 없는 삶을 살아가는 것입니다

의료과실이 분명한데도 죽은 친구만 안타깝습니다
아직도 믿기지 않는 친구가 너무 그립고 보고 싶습니다.

독도를 다녀와서

배는 망망대해를 가르며
무섭게 일렁이는 파도 속을
숨이 차게 소리 내며 기어갑니다

부서서는 하얀 물보라는
지나온 흔적을 지워 버리고
까만 점 두 개와 갯바위
갈매기 소리 질러 인사합니다

파란 하늘 바람까지 반겨주며
대한민국 동해의 끄트머리
우리 땅 독도라고 말해줍니다

동도와 서도 수없이 많은
갯바위에 괭이갈매기 천국이고
관광객은 새우깡으로 위로를 합니다

호시탐탐 노려보고 날뛰지만
경비대가 무서운지 벌벌 떨고 있습니다
아, 그렇게 보고 싶었던 독도.

뛰어가는 세월

앙상했던 나무에
하나둘 이파리를 잇은 채
꽃이 먼저 피어난다

꽃은 여기저기에서
화려하게 서로를 뽐내려
치장하기에 바쁜데

참 좋은 계절도 잠시뿐
어쩔 수 없이
연둣빛 4월은 또 지나가고

고장도 없는 세월은
나를 붙잡고 따라오라네.

맘이 편한 곳

언제나 맘이 편한 곳을 찾는다

가파른 계단을 숨차게 올라
법당에 삼배하고 의자에 앉는다

아래로는 강물이 흐르고
모래섬엔 왜가리와 백로가 노닌다

긴 목을 내밀고 고기를 잡으려
물속을 뚫어지게 응시한다

갈맷빛 숲길은 바람만 불어대고
고요한 적막만이 강물로 흘러간다

일어서기조차도 싫어지는 곳
바람처럼 구름을 타고 날고 싶은 곳
맘이 편한 여기가 관세 암이다.

매달린 사랑

눈뜨면 어김없이
자식처럼 곱게 키우려
늘 바쁜 하루에 울고 웃는다

가물면 비 오기를 바라고
비 오면 쉼을 알며
살기 위해 늘 매만져야 했다

흉년이면 내년을 위해
기다릴 줄 알았고
오롯이 일만 생각하는
그 속마음은 까맣게 타버렸다

주어진 숙명이라면
또 살아가야 하는 나는
매달린 그녀를
등에 업고 잠들게 한다.

저 강에 슬픔을 띄우고

꽃다운 외동아들 채수근
보내야 하는 모두의 슬픔 마음을
생각하면 가슴이 미어집니다

말간 하늘에 구름도 한 점 없이
위로라도 하는 듯 조용합니다

하늘도 땅도 목 놓아 울고
지켜보는 새들까지 서러운지
슬픔에 잠겨 저렇게 지저귑니다

자식을 키워 본 부모의 마음은
가슴이 찢어지는 듯 아파집니다

살아 돌아간다는 애꿎은 그 말
물속에서 몸부림쳤지만
해병대의 꿈은 사라지고 말았습니다

한이 서린 청년의 눈물은
붉은 피와 함께 내성천을 넘치고
고이 보내려 손을 펴서 경례합니다.

소망

새해 첫새벽의 어둠이 사라지고
한 해의 새날이 밝아온다

현관문을 빼꼼히 열었더니
밤새 꽁꽁 얼었던 추위가
달구어진 얼굴을 세차게 후려치고

잿빛 구름 심술부리며
앞산 나뭇가지에 걸린 해
강렬한 빛으로 모습을 드러낸다

시린 손 합장하고 머리 숙인 채
가족들 걱정 없게 잘 보살펴 주시고
아프지 말고 건강하게 해 주세요

올해는 저에게 농사도 잘 짓고
시(詩)를 잘 짓게 해 달라며 빌었다

그래 눈 크게 뜨고 앞만 보면서
나의 갈 길을 뚜벅뚜벅 걸어가자.

밤비

여름을 보내는 슬픔보다
걸어오는 가을밤이 울고 있다

서러움의 눈물 떨어지는 저 소리
창문 열고 잠을 깨우는데

찰나에 울컥 밀려오는 기억들
이불에 잔뜩 풀어헤쳐 놓고

이 생각 저 생각은
팔베개에 드러누워 잠이 들었다

눈 비비고 어둠이 사라지면
허기진 마음의 여백에
영글어 가는 가을을 심는다.

비 오는 날

끝나지 않은 코로나는
상처만 잔뜩 주고
시간은 덧없이 흘러만 가는데

언제 왔는지
슬그머니 자리 잡은 가을은
온 들판을 영글게 하지

잠시 사라질 잿빛 구름은
먼지 쌓인 세상을 씻으려고
부슬부슬 비를 뿌린다

시린 바람은 나뭇잎을 떨구고
허우적대는 일상은
자유롭지 못하여 원망뿐이더라.

회룡포 뿅뿅다리

물 위에 걸터앉은 뿅뿅 다리 아래로
모래 등을 기어가는 맑은 물은
힘없는 목소리로 조잘대며 흘러가고

흔들거리며 어지러울 듯
긴장된 마음으로 조심스럽게
발을 내딛는 구멍으로 나를 보며

내성천 굽이굽이 먼 길 돌아
긴 여정에 지친 물처럼
이리저리 부대끼며 삶을 살았네

동전을 오려낸 듯 동그란 구멍은
때울 수가 있어도 셀 수 없는
구멍 난 내 가슴은 어찌해야 하지.

삶의 정답은 없다

잘 살아야지
잘 살아야지 하면서도
어떻게 살아야 잘 산다고 말을 할까요
모두의 바람입니다

돈
명예
· · · · · ·
나름대로 부질없는 욕심일 뿐이겠지요

행복
그럼 행복은 존재하는 것인지
행복은 뭐라고 답을 해요
행복은 사전적 의미일 뿐입니다

욕심과 마음을 비우는 것
아니면 잘 먹고 잘 싸는 것인가요
어찌 말을 해봐요
정답이 없다는 게 정답일 거예요.

제목 : 삶의 정답은 없다
시낭송 : 박남숙
스마트폰으로 QR 코드를 스캔하면
시낭송을 감상할 수 있습니다

삶의 터전

긴 세월 함께해 온 너였기에
가족을 잘 살게 해 준
그 고마움 잊을 수가 없었다

온 겨우내 다듬어 주고
봄이면 꽃을 피워 열매 맺으니
하얀 옷 곱게 입혀
행여 다칠세라 애지중지 키웠지

바라는 만큼 장맛비가 왔어도
거센 태풍이 불어도
튼튼하게 잘 커 주어서 고마웠다

찬 바람 몰아치는 들판에서
난 너를 위해 온 정성을 다했고
나에게 삶의 여유를 주었지
우린 숙명처럼 사는 인연인 것을.

회화나무

긴 세월 동안 주막을 지켜온 부부였든가
나무 아래 사각의 집 한 채 지어놓고
오가는 길손들의 수많은 사연을 간직했어도
모른 채 회화나무는 말을 하지 않습니다

술에 취해 오줌똥을 싸 놓아도
얼굴 한 번 찡그리지 않고
놀림감이 될까 봐 그냥 서서 보기만 하는
속이 넓은 회화나무는 절대 말이 없습니다

연인들의 포옹 장면을 보았어도
주객들의 정사 치르는 야한 모습을 봤어도
회화나무는 못 본 채 말을 하지 않습니다

싸우고 욕을 하고 침을 뱉었어도
웃어주며 강바람이 아니라고 가지를 흔듭니다

묵묵히 계절을 지키며 모든 사람을 보듬어주는
수호신으로 회화나무는 삼강주막을 지켜줍니다.

산다는 건

이 세상에 태어난다는 건
축복이고 행복이다

얼마를 살아야 잘 살았다고
말해야 할까

어떻게 살아야 못 살았다고
말하는 걸까

정답이 없고
그저 허무한 게 인생이라고
말하면서 살 뿐이다

너나 나나 똑같은 인생
후회 없이 사는 게 아닐는지.

가을비

긴 장마와 태풍도
그렇게 무덥던 여름도
끝나지 않은 코로나까지
상처만 잔뜩 주고 떠난 자리

언제 왔는지
슬그머니 자리 잡은 가을
온 들판을 누렇게 물들이네

허탈한 마음을 아는지
남은 곡식은 영글어 가고
천고마비는 언제 볼까
부슬부슬 비가 서글프다.

갯바위에 새긴 정

겨울인 듯 봄인 듯
저 멀리 밀려온
찬바람이 얼굴을 때린다

쉴 새 없이 바위에 부딪혀
긴 세월 아픔은 멍이 들어
철썩이는 소리가 봄을 부른다

파도에 닳아빠진 몽돌
달그락달그락 속삭이며
돌멩이에 사연을 묻어놓고

내 갈 길 잃어 헤맬 때
부둥켜안고 울어 주었던 너
말 못 한 인연이었나 보다

정 하나 갯바위에 새겨놓고
길을 잃어버린 갈매기
너의 그리움은 사랑이었다

제목 : 갯바위에 새긴 정
시낭송 : 박영애
스마트폰으로 QR 코드를 스캔하면
시낭송을 감상할 수 있습니다

소나무에 숨긴 사랑

빽빽이 들어선 솔밭
나무 사이로 산책길 따라
나만의 길을 숨차게 걸어가는데

청솔가지에 잠 깬 비둘기
발소리에 푸드덕 똥을 싸고
놀란 듯이 길 없는 하늘로 달아난다

뽀얀 서리 내린 이른 아침
늘 습관처럼 오르고 내리는 산책길
나에겐 보약 같은 소나무
나무마다 마음에 이름표를 붙였지

한 아름의 소나무를 껴안으면
너의 이름을 불러보면
마음이 홀가분하게 편해지고
구부정한 소나무에 정이 더 간다

왜 그런지는 아직도 잘 모른다
아마도 산을 좋아해서인지
나는 늘 초록의 소나무를 사랑한다.

제목 : 소나무에 숨긴 사랑
시낭송 : 박남숙
스마트폰으로 QR 코드를 스캔하
시낭송을 감상할 수 있습니다

벚꽃의 향연

봄은 무르익어 꽃 세상인데
어느새 꽃망울을 터뜨린
벚꽃이 온통 꽃길을 펼치는 날

상춘객의 감탄사는 이어지고
여린 연분홍의 꽃잎이
갓 태어난 아이처럼 예쁘고 귀엽다

빈틈없이 올망졸망 매달려
벌들을 불러 모아 잠깐 놀다가
하얀 꽃잎은 바람에 꽃비를 뿌린다.

오월

가장 바쁜 계절
농촌의 현실이 분주하고
들녘에는 기계 소리
채워지는 계절이다

하루가 지나가고
또 하루가 저무는
가정의 달 오월

어떻게 지나갔는지
눈코 뜰 새도 없이
시간은 멈출 줄을 모른다

봄에 핀 꽃은 사라지고
오월의 장미는
화려한 자태를 뽐내려고
저렇게도 기다렸구나.

웃을 수 있는 친구

갈은 시대 갈은 지역에서
태어난 친구의 인연으로
우린 소중했던 친구가 되었지

우리는 함께여서 좋다
농담 섞인 대화를 나누며
추억 담긴 녹슨 사연들

어느 한 친구의 똥 싼 얘기
친구의 비밀스러운 농담까지

배꼽 빠지게 웃으며
차 안 가득히 웃음을 펼친다.

꽃놀이

초록의 들판이 펼쳐지고
꽃밭은 아름답기도 합니다

사람들은 꽃을 들여다보며
이리저리 분주하게 움직입니다

희로애락을 즐기면서
종류별로 맞추어 가지려고
눈알이 초롱초롱 애를 씁니다

뒤 썩인 꽃을 색깔별로 맞추며
꽃을 가질 때도 그들만의
정해진 규정대로 가져갑니다

꽃을 빼앗기고 가져가는
과정이 참 재미있어서
시간이 가는 줄도 모른답니다

법보다 상식이 앞서는 세상
그런 날이 꼭 오기를 바랍니다.

잎새에 이는 설움

노을이 아름다운 듯
곱게 치장하기에 바쁜 잎새

한때를 즐겨왔던
이파리마저 고개를 숙이지

여물어 가는 들판은
저마다 뭔가를 속살거리고

떠나야 할지 말아야 할지
헷갈리는 마음으로

설렘은 멈출 수가 없는데
또 하루의 해는 숨었다.

가을은 참 좋다

이 좋은 계절을 놓칠 수 없어
여름에 데워진 가슴속
응어리를 식히려고 길을 걷는다

유난히 더웠던 여름도
저절로 오는 계절에 힘을 잃고
어느샌가 사라져 버렸다

머물던 빈자리에
계절은 누런 가을을 뿌렸고
찬 바람 불어와 단풍이 물든다.

왕버들

온통 단풍은 물들어 가고
물속에 사연을 간직한 생명은
몸을 일으켜 팔을 뻗는다

긴 세월을 물만 먹으며
살아온 왕버들 나무
수많은 전설을 가슴속에 품은 채
지켜온 주산지

물속에 비친 산 그림자
파란 하늘에 흐르는 구름까지
주름진 물결 따라
일렁이며 물속으로 스며들 때

수면 위에 떨어진 낙엽에
사랑한다는 글을 적어
물속 구름에 부탁해 전하려는데
가을은 물속으로 숨어 버렸다.

지워진 기억

곱게 내리쬐는 햇살이
모래 위에 시를 쓰고

수평선 저 멀리
달려오는 시어들은
하얀 파도에 몸을 숨겨
쉴 새 없이 울고 있다

주름진 물결은
팔을 벌려
때 묻은 시간을 씻는데

갯바위 앉은 갈매기
한가히 노닐며
가을을 물고 나래를 편다.

참깨

정성 들여 심어 놓고
여린 모습 소중히 키웠더니

고운 햇살 받으며
비바람 속에서 잘도 자랐구나

네모기둥 세우고 하얀 꽃 피워
마디마다 꼬투리를 매달고

익어 가는 너를 보며
내 마음 조마조마했었는데

햇빛 좋은 날 너를 잘라
뜨거운 햇볕에 바싹 말려

막대기로 두들겼더니
하얀 진주알 너는 참깨였다.

촌노의 설렘

이른 새벽 낙수 지는 소리에
창밖의 어둠은 사라지고

밤새 내린 비에 목욕한 초목들은
선명한 자태로 맑게 웃어준다

보고 싶고 그리움이 쌓여야 반갑듯이
살아가는 데는 추적거리기보다는
먼저 챙겨주는 삶을 비는 알았다

가뭄으로 농부의 타버린 마음도
아파하며 어둠만 채워지는데
뇌리는 복잡한 혼돈의 시간이 쌓이고

자꾸만 흔들리는 마음에
고의 간직한 나만의 설렘은
지친 하루는 더디게 더디게 지나간다.

개의 전성시대

추석날의 이른 새벽 어둑한 거실
하얀 보자기에 까만 물체가 보인다

뭔가 싫어 발을 슬쩍했는데
발가락에 닿은 것은 지코의 똥이다

샤워하고 나온 뒤 며느리가 웃으며
좋은 일 생길 거라지만 실수였다

폭신한 침대와 화장실에 귀염까지
사랑을 독차지하는 개가 부럽다

세상은 어디까지 변해 갈려는지
가족보다 개가 우선인 시대의 자화상.

탁란

우듬지에 앉은 뻐꾸기
꼬리를 빙글빙글 돌리며
앙칼지게 울어 대는
탁란의 주인공

자신보다 아주 작은
딱새 둥지에 알을 낳고
키우게 하는 습성은
언제까지 이어질지 모른다

집 주변을 돌며
피를 토하듯 울다가
하하하 웃으며
후드득 허공을 날아간다

약자에게 기생충 같은
뻐꾸기 같은 놈들이
넘쳐나는 요즘은 싫어진다.

핑크뮬리

강바람 차가운데
하늘거리는 고운 자태
왜 그리도 애처로운지 모른다

옛사랑이 그리워서인지
솜사탕 같은 여인
보드라운 살결을 만져 본다

떠나버린 임을 기다리며
눈물마저 말라버린
핏기 어린 뽀송뽀송한 얼굴

그 여인은 지금 어디에서
잘 살아가고 있으려나
곱게 쓴 그때의 핑크색 편지.

협곡의 가을

계곡마다 곱게 물든 단풍
여기저기서 불태우고
단풍들은 길 따라 걸어간다

떨어진 나뭇잎 하나
도랑물 따라 흐르다가
폭포수에 넋을 잃고
작은 돌에 앉아 울고 있는데

물소리 조잘대며
단풍은 흥얼거리면서
빨간 콧노래를 부를 때

협곡 위에 구름 한 조각
위태롭게 걸터앉아
나를 내려보고
나는 구름과 단풍을 먹는다.

황홀한 순간

어둑한 넓은 공간 속에는
천둥처럼 울려 퍼지는 음률
귀는 멍하고 오색 불빛이 번쩍인다

쉼 없이 빙글빙글 돌아가는 불빛
보일 듯 말 듯 한 희미한 얼굴들
음악 따라 손놀림 발놀림은
자유자재로 아름답게 돌아가는데

신명나는 지르박이 이어지고
트로트 곡에 신명난 노래는 울려
부르스곡에 호화찬란한 분위기
율동과 리듬의 향연이 펼쳐진다

즐거움은 시간을 망각한 채
돌리고 돌아가는 흥겨움에 빠져
사는 게 별거 없는 인생살이
한때의 삶은 즐거움의 순간이다.

갈맷빛 자화상

비 그친 하늘에
하얀 뭉게구름 피어올라
여인의 얼굴을 만든다

산길 굽이마다
계곡에 이는 초록 바람은
왜 이렇게 시원한지

맑은 공기가 폐부 속으로
스며들 때
내 작은 렌즈 속으로
쌓여 가는 순간들

시원한 바람은
자연의 맑은 공기를
차 안에 한가득 태우고

짝과 동행하는 이 시간
여기서 머물지 않고
온 세상을 눈에 담고 싶다.

제목 : 갈맷빛 자화상
시낭송 : 최명자
스마트폰으로 QR 코드를 스캔하면
시낭송을 감상할 수 있습니다

월류봉

금방 사라질 우중충한 구름이
무거운 듯 힘겨워하는 월류봉에

아름답던 달은 도망갔는지
핏기 어린 하얀 달만 만져본다

여울 따라 흐르던 물도
얼음과 돌의 틈새로 졸 졸 졸
잠 깬 소리가 귓전을 간지럽힌다

건너편 앙증맞은 정자 하나
깎아지른 절벽이 무서워

그늘진 찬바람에 웅크리고 앉아
봄 오기를 애타게 기다린다.

가을이 부른다

파란 호수 같은 하늘에
새털구름 한 조각 홀연히 사라진다

아침 찬 이슬에 채색된 삼라만상이
곱게 치장하고

둔덕 위 가녀린 들국화
수줍은 듯 미소를 지으며 은빛 억새는
몸을 흔들며 춤을 춘다

낙엽 지는 잎새의 슬픔도
연모의 긴 사연도 단풍 든 곳으로
뛰어가야 하는 마음이 바빠져 온다.

계절의 장난

햇볕이 머리에 걸터앉아
추위를 녹이느라
온 힘을 다해서 땀을 흘리고

변덕스러운 계절은
느린 걸음으로 돌아서며
바람에 겨울의 길을 묻는다

추위에 떨고 있는
도랑의 버들강아지
봄인 줄 알고
끙끙대며 꼬리를 흔들 때

응달의 얼음 한 조각
떠나는 계절의 서러움에
슬픈 눈물만 뚝 뚝 흘린다.

주왕산

단풍 하면 먼저 떠오르는 곳
주왕산이 아닐까 싶다

해마다 단풍철이면 명산이라
곱게 물든 단풍을 보려고
주왕산으로 더 많이 모여든다

옆 지기와 사과 호떡을 사서
걸어가며 먹는 것도 추억이다

평소에 무릎이 안 좋은 옆 지기
스틱을 짚어도 힘듦을 보아야 했다

지나간 아쉬움을 뒤돌아본
둘만의 시간이 자꾸만 짧아진다.

장끼의 포효

질펀한 들길에 새싹은 키재기하고
배 꽃봉오리가 터질 듯
부풀어 피어나길 기다리는데
솔향기를 맡으며 굽잇길을 걷는다

인동초는 생명력을 과시하고
그 향이 코를 간질일 즈음

비둘기 슬픈 울음은 그칠 줄 모르고
발정 난 꿩의 까투리 찾는 울음이
빈 들판으로 울려 퍼진다

포효처럼 청아하게 울리는 소리에
연록의 버드나무 치장을 하고
봄은 생동하는 계절임을 알려준다

차디찬 바람이 참꽃 핀 가지를
마구 흔들고 스칠 때
임을 찾으려 애타게 울부짖는 장끼.

이명

잠들지 않으면 이어지는
혼란스럽게 들리는 소리
양쪽 귀에서 전쟁을 벌인다

귀뚜라미 소리
이름 모를 새소리까지
표현할 수 없이
거칠 줄 모르고 징징대며
웅성거림이 너무 괴롭다

병원을 찾아 물어봐도
노화 현상이라 고칠 수가 없단다
그저 신경을 다른 곳에 두고
무심코 지내라는 말만 한다

그렇게 그렇다면 함께 살아가자
나에게 주어진 숙명이라면
야무지게 다짐을 했어도

떠나지 않는 짜증스러운 소리
설핏설핏 선잠에
불을 켜고 나는 글을 쓴다.

운동 갈래

날씨가 청명한 나른한 오후
가끔 함께하는 친구에게
카톡이 문자 왔다고 소리친다

밥은 먹었나?
그래
오늘 산에 가자
알았어
늘 그랬듯이 짝꿍과 애마를 탄다

짝꿍들은 둘레길
자네와 난 산으로
지난 추억 얘기 주고받을 때
서쪽 하늘 노을이 너무 곱다

뒤돌아본 지난날 후회는 없다고
인생은 지금부터라고
또 내일의 만남을 기다리며….

개망초의 설움

널따란 묵정밭에
하얗게 피어난
작은 꽃망울이 웃는다

참새알 노른자처럼
봉긋한 속살 드러내어
향기를 뿌렸더니

찾아든 벌 나비
입 맞추고 포옹하는데
바람이 질투한다

쓰러지지 않으려
온 힘을 다하는 너를
개망초라 불렀나 보다

비록 꽃이라는
이름을 얻지 못한 서러움.

배신

유람선의 뱃고동 울리자
엔진 소리 요란하고
후미의 거센 물보라는
칼바람으로 이어지는데

선상의 친구들
새우깡 유혹에 아우성치며
배 채우려 떼거리로 몰려든다

숙련된 먹이 쟁탈전
갯바위는 갈매기의 화장실
자기들의 영역이라
옆의 다른 배를 따라간다.

딸들아

자식 낳고 살아보니
사는 게 맘대로 되지 않지
남편과 자식 때문에 속상하고
돈이 우선인 세상

내 살아보니
너의 속 타는 줄 다 알고 있단다

말 못 할 응어리 가슴속에
옹이가 된 너의 엄마를 보잖아

가정을 위해 울지도 못하고
남의 눈이 두려워
억지로 괜찮은 체하는 것을
나는 눈과 마음으로 지켜보았다

딸들아
아빠인들 왜 걱정이 없겠느냐
애지중지 길러 너 좋다고
시집보낼 때 남몰래 숨어서
눈이 붓도록 울었을 때 말이다

부모 된 마음인 줄은 알았지만
너 떠난 빈자리 볼 때마다
허전함 달래려 몇 날을 참아 왔다

그래
지금 와서 누구를 원망하고 탓하면
무슨 소용이 있겠느냐마는
하늘이 맺어준 인연이고
숙명이라 생각하고 살아야 한다

힘들어도 그냥 그냥 참고 살다 보면
나쁜 날보다 좋은 날이 더 많더라

시부모님 잘 모시고 애들 잘 크면
그것이 행복이 아니겠냐
잘 살아가는 게 아빠의 소원이란다.

물돌이

내성천 굽이굽이 먼 길 돌아
긴 여정에 지친 물은
말없이 졸졸거리며 따라가고

쟁반 같은 육지 속의 섬
비룡산이 품어주는 회룡포
자연의 조화로움이 신비롭다

물 위에 걸터앉은 뿅 뿅 다리
모래 등을 긁어주는 맑은 물이
순리대로 살아가라 일러주네

섬 안에 영산홍 곱게 피었는데
시린 강바람 스며들어
해지는 노을 따라 집으로 간다.

먼 옛날

잔잔한 내 가슴에
그때의 속삭였던 얘기들이
콩닥콩닥 가슴을 때리고

아직은 잘 살아 주기 때문에
그저 보고만 싶어진다

너와 내가 걸었던
그 길은 어느 때인가 사라졌고
지금은 차가 다니는 포장길로 변했지

그때 거닐던 기억은 고스란히 남아
그냥 자꾸만 보고 싶어
가끔 내 마음을 설레게 하네

눈 뜨면 자꾸만 아른거리고
가슴 찡한 아픔으로
내 마음을 구름에 띄워 보내련다.

들꽃

볼품없는 들꽃이 온 산야에
흐드러지게 피어도
눈길 한 번 주지 않는다

그래도 그들은 그들만의
삶을 살기에는 힘겨웠을 것이고
왜 어려움이 없었겠나

가뭄에는 물이 먹고 싶어
목이 마를 것이고
바람 불면 다칠세라 걱정이다

꽃을 피우기까지의 인내와
씨앗을 맺기까지의 시간
잎을 떨구어 내년을 꿈꾸는
들꽃은 자신의 소임을 다 했다

소박하게 살기에 서로 헐뜯고
시기하지 않으며 벌레들과
공존하며 행복도 누렸을 것이다.

두릅

자연이 내려준 선물이다

꽃도 아닌 가시뿐인 여린 순
며칠 동안 눈 맞춤으로
너를 지키려 애간장을 태운다

여명에 설렌 가슴 조이며
신발 소리에 산새들 나래를 펴고

한 시절 여린 모습 보일 때
찰나의 순간 새순을 잘렸구나
먼저 꺾으면 주인인데

지켜보는 이가 많다는 걸
진즉에 몰랐으니
또 하나의 삶의 지혜를 배운다.

동행

나는 너를 죽도록 사랑했고
너도 나를 사랑했었다
함께 서로 부대끼며 살고 있잖아

비 오는 날에는 눈물을 흘렸고
더운 날엔 그늘을 만들며
바람 불면 꺾어질세라
우린 서로 부둥켜안고 살았었다

어느새 찾아온 가을
차가운 강바람에
바스락바스락 속삭였던 우리는

익어가는 너와 나의 사랑도
노을 지는 강가에서
한 해의 갈무리를 또 해야겠지.

주어진 삶

누구나 삶은
똑같을 수가 없듯이
살아가는 방법도
다양하다는 것을 알았고

이 세상에 태어나
잘 살려고 밤낮없이
발버둥 치며 살았어도
사는 건 맨날 그 자리였다

늘 푸름의 소나무처럼
한결같은 마음으로
옹이도 가슴속에 숨기며
그렇게 살아가는 것

우리의 인생사가 아닐는지
생각해 보는 하루
노을이 아름다운 것은
꼭 내일이 있기 때문이다

달맞이꽃

밤새 사랑에 푹 빠졌는지
노란 옷 곱게 입고
환하게 웃으며 바라본다

달님이 안아 주니
헤어지기 싫었는지
임을 향해 눈을 깜빡이네

긴 밤 지새우며
정만 남겨두고 사라지는
달을 원망이라도 하는 듯

너의 모습이 안쓰러워서
햇빛은 가녀린 너에게
꽃잎을 다물게 하였으리라.

소낙비

천둥소리에 번개가 번쩍이며
느닷없이 바람은 미친 듯
물을 사정없이 퍼붓습니다

한낮인데도 캄캄해지며
하늘이 무너질 듯한
으스스한 초조가 밀려듭니다

그래도 믿습니다
이러다가 곧 그칠 것이란 것을

갑자기 퍼 붙는 비는
도움이 될 때도 있지만
성질 더러운 사람과도 같아요

비를 흠뻑 맞으며
오도카니 서 있는 내 모습이
청승맞은 거지처럼 몰골입니다.

기다림

새롭게 조성된 경천 섬 수상 탐방로
물 위를 폴짝폴짝 뛰면서
신이 났는지 깔깔대는 너스레의 울림에
강물도 웃으며 쪽빛 춤을 춘다

찬 바람이 얼굴을 스치고
건너편 물가에는 청둥오리의 자맥질
강 옆 나목들은 깊은 잠에서
봄이 오기를 기다리는지 말이 없네

상주보에 갇힌 강물은
윤슬로 눈이 부시고
학 전망대는 지는 햇빛을 쏟아 낸다

우뚝 선 보도교 마무리 공사가 한창이며
새로운 명소가 꿈틀거리면서
봄날 손님맞이로 단장하며 하품을 한다.

구절초

야트막한 산길 언덕배기
하얀 면사포를 쓴 채
고운 미소를 짓는 저 여인

찬 이슬 맞으며
파리한 몸으로
임을 기다리다 지쳤는지
초췌한 모습이 몰골이다

애절한 사연 묻어 놓고
만남의 기다림도 잠시뿐
계절 가면 홀연히 사라지겠지.

개미들의 대이동

도로의 갈라진 틈을 따라
줄로 이어진 대이동
전쟁이 벌어졌는지
길을 가로질러 행군한다

검은 물체 하나가
찰나에 훅 지나간 자리는
수많은 사상자가
길에 널브러져 있다

이미 죽은 자를 버려둔 채
부상자들은 살려달라고
아우성에 몸부림을 치는데
옆도 돌아보지 않고 고물댄다

비록 하찮은 미물인 그들도
살기 위해 가족과 친구도
모두 버리는 것을 보았지

한참을 지켜보는 나를
그들은 원망했을지도 모른다.

감기

온통 세상이 뿌옇다

시도 때도 없이 찾아오니
머리가 찌뿌둥해진다

콧물이 나고 목성이 변해
약 먹고 덮어쓰고 누웠는데
이놈은 나를 아프게 한다

매년 찾아와 시비 걸고
이놈과 싸우려 해도
힘으로는 이길 수가 없다

형체도 없는 것이
무엇이길래 나를 괴롭힌다

오로지 시간이 약이란 것을.

운(運)

마당에 네모 두 개 그어놓고
편 가르고 윷놀이하는데

도도 나고 개 걸 윷 모 운(運)을 따라
도가 나면 싫어하고 모가 나면 춤을 춘다

흥겨워 마구 뛰고 윷 말을 쓰니
도가 나도 잡아먹고 개가 나도 잡아먹고
이기면 춤을 추고 깔깔대며 웃는다

모 아니면 도겠지 하는 말
살아가는 삶도 윷놀이처럼
그냥그냥 살다 보면 모도 나오겠지

세상 모든 삶에는 순리에 따르지만
운(運)이 따르는 것은 최고의 선물이다.

너의 이름

가슴을 후벼파는 그리움은
하얀 눈이 되어 펑펑 쏟아진다

나목에 시린 마음 맡겨두고
하늘에서 쏟아지는 눈처럼
가슴에 쌓여가는 곰삭은 생각들

하얀 눈 위에 그대 이름을
예쁘게 썼다가 지우기를 반복
또 썼지만, 눈은 또 덮어 버렸다

다시 너를 사랑한다고 썼다
얼마 후 햇볕이 질투하여
흔적 없이 하늘로 가져가 버렸고

햇살에 사르르 녹아드는 그 이름
그 이름은 하나뿐인 너였으리라.

제목 : 너의 이름
시낭송 : 박영애
스마트폰으로 QR 코드를 스캔하면
시낭송을 감상할 수 있습니다

해는 뜹니다

새벽의 어둠은 더해가고
홀라당 벗겨버린
우리의 일상은 잠들지 못해
꼬박 뜬눈으로 밤을 새웁니다

유난히 추웠던 겨울도
긴 시간을 떠나지 않고 있는
코로나 시대도 지쳤는지
이제는 힘을 잃고 저물어 갑니다

새싹의 하품 소리가 들리고
짹짹거리는 참새들의
수다 떠는 소리에 해는 뜹니다.

텔레비전

세상은 모든 게 많이 변해버렸다

일상의 생활도 모두가 바뀌고
입엔 마스크를 써야 하며
어디든 자유롭게 다닐 수도 없다

강한 사람도 죽음 앞에선
어쩔 수 없이 두려운 현실은
방안에서 친구가 되어 주는
네가 있어 오늘도 울고 웃는다

좋은 일 안 좋은 일들
가만히 앉아서 세상에 돌아가는 것을
일상이 답답함을 안겨준다

물고 뜯고 동물의 세계를 보는 듯
네 편 내 편 분열의 편 가르기
정치의 무책임적인 행태
수많은 소식을 전해주고 보여주는 친구

뉴스에 코로나 소식은 없는지
답답함을 달래주는 트로트 가수들
드라마의 주인공은 어찌 되었는지
네가 있기에 하루를 살아가는 것이란다.

앵두

집 앞 뜰 홀로선 앵두나무
갈맷빛 잎 속에
올망졸망 매달려 숨은 너

그녀의 빨간 입술처럼
탱글탱글하게 익은
너를 보고 침을 꼴깍 삼켰어

한 줌 따서 깨물 때
새콤하고 달콤한 그 맛
나도 모르게 윙크를 보냈다

그런데 어쩌지
입속에 맴도는 너의 향기
내가 너를 사랑했었나 보네.

울릉도 단풍

봉래폭포 오르는 길옆에
곱게 물든 단풍나무 한 포기 있더라

비탈진 곳에서 살아갈지언정
모두를 즐겁게 하는 단풍나무처럼

홀로 있는 외로움보다
혼자이기에 더 예뻐 보이는 것은

자연에서 나름의 삶을 살기에
눈길을 사로잡는 것일 거다

시절에 부대끼며 주어진 곳에 삶도
색깔 고운 단풍으로 물들겠지.

문학이 맺어준 인연

시인이라는 이름으로 만났지만
모르는 사이가 아닌 듯
첫 만남은 가슴이 설렌다

한 길을 걷는 진실한 마음
오래된 지인같이 낯설지 않아서
인사를 나누며 배려로 서로를 챙긴다

아 그래
역시 시인은 이런가 보다 했어

글을 먹어야 산다는 생각에
서성이는 마음 추스르며
스며드는 심상을 여백에 채운다.

내가 바보였는가 보다

마음이 허락하더라도
왜 거절을 못 하고
지금껏 살아왔는지 말이다

끊고 맺음을 알면서도
순간의 동정심 때문에
거절할 수 없어 망가지고 말았다

어느 날 갑자기 일어난
혹세무민의 말을 떠올리며
나 자신을 탓해본다

동짓날 팥죽을 먹고 나면
괜찮으려나 모르겠네
호락호락한 세상은 아닐 것이다.

숨어 우는 사내

아스라이 멀어져만 가는 누리
흐노니에 가슴 저미며
주름진 갈맷빛 숲을 바라본다

곁을 떠난 지 오랜 날
왜 그랬는지
철들고 나니 옆에는 아무도 없는
빈자리에 우두커니 홀로 서 있다

다람쥐 쳇바퀴 돌듯
가시버시로 삶을 살아오면서
하소연할 곳 없어
남몰래 실컷 울어 보기도 했었다

미리내에 별 밭을 일구는 아비
어미는 달 속에서 밥을 짓는다

아파진 마음을 먹는다.

* 아스라이 : 기억이 분명하게 나지 않고 희미하게
* 누리 : 세상
* 흐노니 : 몹시 그리워한다.
* 갈맷빛 : 짙은 초록빛
* 주름진 : 주름을 잡은 듯이 보이는 먼 산들의 첩첩한 능선
* 우두커니 : 정신없이 또는 얼빠진 듯이 멀거니 서 있거나
  앉아 있는 모양을 나타내는 말
* 다람쥐 쳇바퀴 돌듯 : 결말도 없는 일을 계속 반복하고 있거나
  앞으로 나아가지 못하고 제자리걸음만 함을 이르는 말
* 가시버시 : '부부'를 정답게 또는 귀엽게 부르는 말
* 미리내 : 은하수
* 별 밭 : 많은 별이 총총하게 뜬 밤하늘을 밭에 비유하여 이르는 말
* 아비 : 아버지
* 어미 : 어머니

※2022년 순우리말 글짓기 장려상.

제목 : 숨어 우는 사내
시낭송 : 박영애
스마트폰으로 QR 코드를 스캔하면
시낭송을 감상할 수 있습니다

꿈에 그랬지

나는 산을 번쩍 들어
마을 옆으로 갖다 놓았다

마을 앞산을 번쩍 들어
뒷산에 더 높게 포개놓고 싶다
그래서 뒷산을 힘들게 오르고 싶다

마을 앞에 큰 강도 만들어
배 타고 낚시나 해볼까 한다
내가 생각하는 게 바보였다

다 생각이고 허상인데
꿈에서라도 그렇게 하고 싶다

유년 시절에는 새가 되어
이 산 저 산으로
팔만 벌리면 날아다녔는데.

그때 그 시절

찬 겨울의 하늘은 거울처럼 맑고
그 시절 군 생활에서 남겨둔
책장 속 추억 노트를 끄집어 펼쳐본다

책갈피에 묻어둔 꽃 이파리 하나
설움에 졸고 숱한 사연 속에서
옛 추억은 자꾸만 희미해져 가는데

새하얀 여인의 얼굴이
하얀 백지 위에 싸늘하게 남겨진
펜팔의 예쁜 글은 옛 기억으로
불 켜진 창가에 보초를 서고 있다

온통 고요가 잠든 시골 마을
자연 속에 외로움은 한 줌의 구름처럼
백암산의 하늘을 날아가고 싶다

방황하는 희미해진 먼 이야기
그때의 그 시절 추억 속에 잠들고
칠성의 사나이가 된 군 생활이 그립다.

제목 : 그때 그 시절
시낭송 : 최명자
스마트폰으로 QR 코드를 스캔하면
시낭송을 감상할 수 있습니다

개나리꽃

힘없이 늘어트린 가지마다
봄바람이 꽃 속에 숨어
햇볕을 마신다

봄을 잉태한 줄기에는
대롱대롱 매달린 병아리
엄마 품이 좋아 떠나지 못하고

곱게 치장한 봄을 숨긴 채
늘어진 가지를 부여잡고
그 여인은 노란 웃음 짓는다.

첫눈 내리면

첫눈 내리는 날 하얀 모습 찾으려
시린 마음 달래며 나 여기에 서 있다

그날의 가슴속 스며드는 그리움
나이 듦에 그리 반갑지는 않았지만

그날의 추억들이 흑백의 한 장면으로
파노라마처럼 뇌리를 스친다

눈밭에서 고삐 풀린 송아지처럼
이리저리 겁 없이 뛰어놀았던 기억

애타게 보고 싶은 옛 친구들
무엇을 하며 어느 곳에서 살아가는지

온 들판을 헤집고 다녔던 그곳에
첫눈이 내리면 먼저 그리움이 앞선다.

제목 : 첫눈 내리면
시낭송 : 박영애
스마트폰으로 QR 코드를 스캔하면
시낭송을 감상할 수 있습니다

한 잔의 여유

일회용 커피잔 속에서
안개처럼 하얀색의 여유가
모락모락 피어나더니

진한 색의 구수한 향기를
철철 넘치도록 가득 담아
나를 향해 서서히 달려온다

코를 담그고 입맞춤하며
혓바닥으로 우물우물
목구멍으로 밀어 넣을 때

몸속을 씻으며 탐색하는지
움츠린 내 몸이 따뜻해지고
잠시의 추위마저 달아났다

고급 잔의 커피보다
비록 허름한 종이컵 한 잔이
우리의 삶에는 여유가 있더라.

삶은 인생이다

그냥 그렇게 사는 거라고
누군가가 뭐라고 하여도
내 삶은 내가 살아가는 게 좋다

살다 보면 수많은 사연을 숨기며
끙끙대며 살아갈 뿐이지
그게 주어진 숙명인지도 모른다

좋은 일들만 있기를 바라지만
나쁜 일도 가끔 찾아오더라

누구나 그렇게 얘기하더라
나만 못 살고 못났다면서
자신을 원망하며 살아가더라

모두가 순간적인 욕심일 뿐
재물의 욕심은 근심을 만들고
지위가 높아지면 외롭게 산다

마음이 편해야 잘 사는 거지
누구나 어려움 없이는
인생을 말할 수가 없다.

제목 : 삶은 인생이다
시낭송 : 최명자
스마트폰으로 QR 코드를 스캔하면
시낭송을 감상할 수 있습니다

봄의 그리움

찬 바람이 얼굴을 비벼대고
느닷없이 그려지는 그리움 하나
말없이 돌아서는 나의 뒷모습

초라한 마음이 등짝을 누르고
떠나가는 그리움마저도
걸어오는 봄은 나에게 안겨버렸다

모래알처럼 수많은 사연을
청솔가지에 걸어두고
기억은 하나씩 삭정이로 꺾어질 때

서리 내린 양지쪽 비탈길에
야위어가는 그리움은
파릇한 새싹으로
내 가슴속에 살짝이 드러눕는다.

제목 : 봄의 그리움
시낭송 : 박남숙
스마트폰으로 QR 코드를 스캔하면
시낭송을 감상할 수 있습니다

* 2023년 신춘문학상 동상

사랑하는 딸, 이화야

정화수 떠놓고 백일치성으로 얻은 너
하얀 달밤에 사뿐 내려온 선녀인가
네 아름다운 모습을 시샘한 재넘이가
장화 홍련 계모처럼 아픔을 주었구나

하늘에서 하얗게 이화우 흩뿌리는 날
만인의 축복받으며 좋은 짝을 만나
사랑받고 잘 살기만을 빌고 빌었는데
아비의 마음은 갈가리 찢어지는구나

싸늘하게 식어가는 널 부둥켜안은 채
나는 앞이 캄캄하고 억장이 무너진다
아, 대신 죽어서라도 살릴 수 있다면
사랑으로 가슴에 압화(押花)처럼 품는다.

삶

꽃은 피고 지는데
계절은 바쁜 농사철이라
일에 지쳐버린 농부

비 오면 좀 쉬겠지
기대는 어디로 떠나고
마음만 분주해지는구나

주어진 숙명처럼
탓하며 살아온 날이
하루 이틀이 아니잖는가

농부라는 끈질긴 인연은
한평생 흙과 나무에
또 하루를 개미처럼 살자.

유월

이맘때면 꼭 생각나는
피우지 못한 꽃을 생각한다

가슴 치며 통곡하는
영혼이 바람을 타고 날아온다

이름 없는 꽃으로
어디에 왜 어떻게 묻혔는지
슬픈 사연도 하나 없다

산 자락길에 솔바람 불면
청보리 익어 톱니 같은 머릿결
만질 수 없는 꽃이여

해 질 녘 나뭇가지에 걸린
붉은 해는 핏빛으로 물들어
6월은 그렇게 서럽다

유월의 뙤약볕에
이유 없이 스러져 간 꽃들이여
굴곡진 산자락에 아픔을 숨긴다

늙어가는 세월 속에
그대들은 아는가
유월의 한 많은 설움을.

말티재를 넘을 때

때아닌 이른 추위에 옷깃을 스미고
굽이굽이 돌고 돌아
사연을 남긴 고갯마루 오르니

하늘엔 구름 한 점 떠돌고
무성했던 잎들조차
단풍으로 갈무리를 서두른다

가을은 목구멍으로 넘어가고
샛노란 국화꽃이
추위를 이기려고 온 힘을 다할 때

세상 모든 게 내 것인 양
신혼여행 때 넘었던 고갯길
삶의 여유를 만끽하는 당신과 나.

제목 : 말티재를 넘을 때
시낭송 : 박영애
스마트폰으로 QR 코드를 스캔하면
시낭송을 감상할 수 있습니다

인연

누구나 첫 만남은 소중하며
가슴을 설레게 하는
마음은 똑같은 것이겠지

뒤돌아본 너와 나
어쩌면 여기까지 이어온 것도
우연한 인연일 거야

서투른 사랑은 어느새 떠나고
걸어가는 세월 속에
지난 것은 기억 속에 숨기며

이것이 우리에게 주어진
지울 수 없는 숙명이라면
오손도손 오래오래 살아 보자.

작약꽃

봄은 온통 꽃의 계절
여린 꽃잎 떨어진 자리에
열매가 조잘거릴 때

모든 것은 때가 있듯이
다른 꽃들을 앞세워 놓고
배려의 마음 보여주는 작약꽃

오월이면 으레
꽃 중의 여왕처럼
다스림의 느긋함을 배운다

너를 가까이서 보려고
먼 길 마다하며 나 여기에서
너의 얼굴을 만져 본다.

바닷가에서

바닷가 바람이 차갑게 불어와
저 멀리서 밀려오는 물결이
하얀 물거품을 내뿜으며 달려온다

갑자기 나타난 갯바위에
기세 당당하게 달려오던 물결은
허연 피를 토해내며 사라져 가고

이어진 파도에도 끄떡도 없이
바위는 당당하게 앉아있는데
거세게 몰아치는 바람도
바위 앞에서는 어쩔 수가 없었나 보다

비릿비릿한 냄새가 코를 자극하고
코로나는 떠날 수 없는 건지
물결이 바위를 때려 큰 소리로 울고
바라만 보는 마음도 묻어 버린다.

고향 친구

여느 때고 늘 변함없이
푸르름을 간직한 채
익어가는 소나무 같은 친구

저녁노을이 아름답다며
맛집 구석진 자리에 앉아서
진솔한 정담을 나누었지

있으면 있는 그대로
또 없으면 없는 그대로
그렇게 사는 게 인생이잖아

우린 주어진 숙명처럼
가질 것도 바랄 것도 없는데
맘 편하게 살아가야 한다.

마음의 여백

삶의 여유가 없고
쉼을 모르고
빡빡하게 사는 세상이 되었다

가족도 예의도 모른다

어렵게 살아도
지켜야 할 도리가
있지 않은가 말이다

시대는 더 힘들어진
현실을 원망키보다
가진 게 부족하더라도
마음의 여유를

꽃을 가꾸는 심정으로
물을 주고
정성을 다해 키워야 한다.

진달래꽃

꽃잎 떨어진 숲길 따라
멧부리에 올라서니
바위에 짓눌린 진달래꽃이
파란 하늘에 수를 놓고

높은 계단 내려서니
음지에는 짙은 색 꽃들이
나를 오라고 손짓한다

벼랑 위에 떨고 있는
가녀린 여인처럼
어쩌면 슬퍼 보일 때
시샘하는 바람이 불고

무리 지어 자리 지키며
수줍은 듯 미소 짓는
여린 꽃잎에 입맞춤하니
힘듦을 아는 이는 너뿐이다.

까치밥

주인 없는 감나무
감은 가을을 못 이겨
발갛게 익어 가는데

우듬지 앉은
직박구리 저놈은
제 것인 양 찍찍거린다

주인이 아님을 알았는지
후다닥 나래를 펴고
직박구리 떠난 자리에는

반쪽 남아있는 홍시가
뜯긴 몸을 보라며
주인한테 하소연한다.

직박구리

밤새 무섭게 쏟아붓더니
사름을 마친 볏논마다
물꼬에 넘치는 비릿한 물소리
온 들판으로 흩어진다

비 그친 산과 들
신록은 잠시 흐릿해지며
앙칼진 뻐꾸기 목놓아 울 때
직박구리 한 마리
떨어진 자두를 줍는다

황톳빛 도랑물 흐르고
우련한 먼 산 위에 떠 있는
잿빛 구름은 비를 불러
장마는 지겹도록 울어댄다.

한파

바람이 추위를 등에 업고
전깃줄에 걸려
슬프게 울어 대는 시간

창문을 뚫고 들어온
가로등 불빛이
나를 잠들지 못하게 한다

귓전을 울리는 바람 소리
창문에 비친 그림자
왜 이리 서글퍼지는 건지

이불을 덮어쓴 이 밤도
몰아치는 강추위에
뜬 눈으로 긴 밤을 새운다.

회룡대

봄이 다가 옮을 아는지
손짓하는 에메랄드빛 하늘은
티 없이 참 곱다

친구와 둘이 오른
비룡산은 간간이 찾아온
산객들이 산책을 즐기는데

비룡대에서 내려다본 회룡포
자연의 경이로움을 만끽한다

위에서 바라본다는 건
멀리 볼 수가 있어
답답함을 말끔히 던져 버렸다.

커피 향

식사 후 마시는
커피 한잔 앞에 두고
마주 앉아
무언의 대화가
연신 오고 간다

달보드레한 커피 향이
목구멍으로 걸어온다
홀짝홀짝 입속에 넣어
우물우물한다

구수한 맛은
그녀의 착한 마음이며
모락모락 피어오르는 것은
선녀 같은 아름다움이다

잔 속에 정을 담고
향기 고운 마음을 실어
여린 너를 입속에 숨긴다.

초록 비

온종일
그칠 줄 모르고 내리는 비
건너편 삼봉산은
짙은 초록으로 물들어 가는데

모심기 끝난 논에는
사름의 모들이 들녘을 메우며
벼라는 탈바꿈으로 비를 맞는다

가지에 대롱대롱 매달린
진주처럼 영롱한 물방울은
싱그러운 봄빛으로 반짝이고
계절은 활기차게 힘을 얻는다.

바램

인생이란 그렇고 그렇더라
못산다고 기죽지 말고
잘 산다고 부러울 게 없더라

주어진 숙명처럼
흘러가는 대로 살아야 한다

살아보니 나쁜 일보다도
좋은 일이 더 많고
좋은 일 때문에 사는 거 같다

오늘을 사는 건
내일의 바람이 있기에 살고
나는 그래서 사는가 보다.

밤꽃

짙은 향기가 바람 따라
내 콧속으로 말없이 들어간다

건너편 산 아래
듬성듬성 서 있는 밤나무
꽃을 피워 따가운 송이를 만든다

나무 위를 구름이 짓밟고 지나갈 때
우듬지에 앉아 울어대는
뻐꾸기 앙칼진 목소리 다급해지며

길 없는 허공을 맘대로
날갯짓하며 딱새의 집을 응시한다

탁란을 지키려고
애간장을 태우며 하늘을 날아
저렇게 울부짖는 너는
유월의 햇볕을 모르나 보다.

노을

하루의 해가 질 때
붉어지는 서쪽 하늘은
참 아름답습니다

채워도 채울 수 없는
숨겨둔 기억을
여백에 곱게 그려봅니다

한발 한발 뒤뚱거리며
걸음마를 하듯이
왜 이리 서글퍼질까요

숨 가쁘게 달려온
길들어진 삶이
짧게만 느껴지는 하루.

세월을 탓하지 말자

기영석 제2시집

2023년 12월 18일 초판 1쇄
2023년 12월 20일 발행
지 은 이 : 기영석
펴 낸 이 : 김락호
디자인 편집 : 이은희
기 획 : 시사랑음악사랑
연 락 처 : 1899-1341
홈페이지 주소 : www.poemmusic.net
E-Mail : poemarts@hanmail.net

정가 :12,000원
ISBN : 979-11-6284-500-4

이 책은 〈한국예술인복지재단〉에서 지원을 받아 제작되었습니다.